Analyse de l'œuvre

Par Aurélie de Gerlache

Passions

Nicolas Sarkozy

lePetitLittéraire.fr

Analyse de l'œuvre

Par Aurélie de Gerlache

Passions

Nicolas Sarkozy

Rendez-vous sur lepetitlitteraire.fr et découvrez :

Plus de 1200 analyses
Claires et synthétiques
Téléchargeables en 30 secondes
À imprimer chez soi

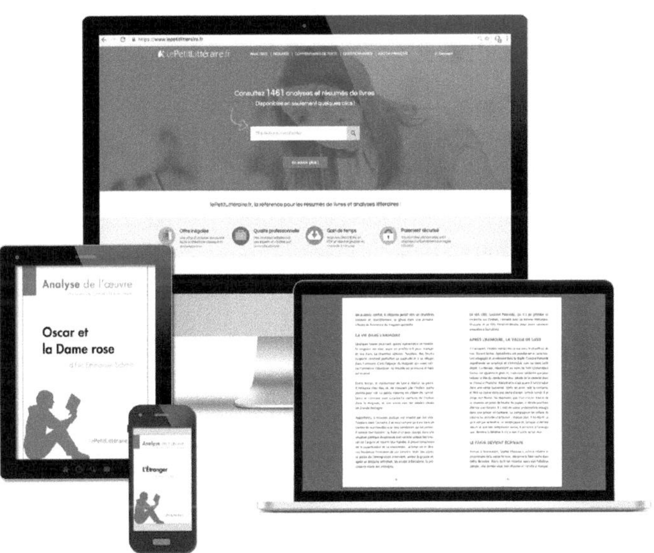

PASSIONS — 5

Chronique intime de l'ascension
au pouvoir de Nicolas Sarkozy — 5

NICOLAS SARKOZY — 7

Politicien et écrivain français — 7

RÉSUMÉ — 9

ÉCLAIRAGES — 15

Contexte historique et littéraire de l'œuvre — 15
Deux mentors : Jacques Chirac et Édouard Balladur — 19
François Hollande — 20

CLÉS DE LECTURE — 22

Son rapport aux femmes — 22
Sa philosophie de vie, ses croyances et ses valeurs — 24
Ses grands combats : le travail et la sécurité des Français — 27

PISTES DE RÉFLEXION — 30

Quelques questions pour approfondir sa réflexion… — 30

POUR ALLER PLUS LOIN — 33

Édition de référence — 33
Sources complémentaires — 33

PASSIONS

CHRONIQUE INTIME DE L'ASCENSION AU POUVOIR DE NICOLAS SARKOZY

- **Genre :** Chronique autobiographique
- **Édition de référence :** *Passions*, Paris, Édition « J'ai lu », 2020, 379 p.
- **1re édition :** Éditions de l'observatoire, Paris, 2019.
- **Thématiques :** Accession au pouvoir, quinquennat, politique française, sentiments, souvenirs, la droite, Jacques Chirac, François Hollande, Carla Bruni, campagne présidentielle, passion.

Dans *Passions*, Nicolas Sarkozy se livre avec passion sur son entrée en politique en 1975, lorsqu'il intervient à la tribune d'un congrès politique à Nice, jusqu'à l'élection présidentielle de mai 2007. C'est le récit d'un apogée, l'histoire d'un homme ambitieux. Il y relate avec sentiments ses passions pour la politique, ses femmes, sa famille et les rencontres qui ont jalonné sa vie politique indissociable de sa vie personnelle. Que l'on apprécie ou non l'homme politique, Nicolas Sarkozy se révèle à la fois dans son ambition politique, sans états d'âme, et en tant qu'être humain à fleur de peau, d'une sensibilité extrême. Il fait une place à l'analyse de son caractère et de son héritage, mais aussi à son ambition pour la droite et son obsession de rassemblement de celle-ci. On découvre à travers son récit comment la bête politique ambitieuse qu'il est reste bien présente, sure et fière de son parcours, sans esquiver pour autant ses échecs, ses défauts, ses failles et ses faiblesses. Une mise à nue de lui-même, des autres évidemment aussi. Tout au long de son ouvrage, l'ancien président évoque sa relation avec son mentor Jacques Chirac comme une sorte de fil rouge. Il décrit ses relations ambivalentes et paradoxales avec l'ancien président, une amitié quasiment filiale qui tourne parfois à une forme de haine. Tous y passent sous un regard acéré et une plume incisive.

NICOLAS SARKOZY

POLITICIEN ET ÉCRIVAIN FRANÇAIS

- **Né le 28 janvier 1955 à Paris**
- **Quelques-unes de ses œuvres :**
  - *Tout pour la France*, (2016), présentation des 5 axes de sa candidature à la présidence française.
  - *Le temps des tempêtes* (2020), chronique de ses deux premières années à la présidence.
  - *Promenades* (2021), livre d'art chroniquant ses passions et son cheminement culturel.

Nicolas Sarközy de Nagy-Bocsa, dit Nicolas Sarkozy, est un homme d'État, mémorialiste, essayiste et avocat français. Avocat de profession, il a occupé les fonctions de maire de Neuilly-sur-Seine, de député, de porte-parole du gouvernement, de ministre du Budget, de ministre de la Communication, de ministre de l'Intérieur, de ministre de l'Économie et des Finances et de président du conseil général des Hauts-de-Seine.

Président de l'UMP, Nicolas Sarkozy remporte l'élection présidentielle de 2007 avec 53,06 % des voix au second tour, face à Ségolène Royal (PS). Il prend ses fonctions de 23e président de la République française le 16 mai 2007.

Après son départ de la présidence, il siège pendant quelques mois au Conseil constitutionnel, dont il est membre de droit et à vie. En 2014, il reprend la présidence de l'UMP, qu'il fait renommer Les Républicains.

Il quitte la tête du parti en 2016 pour se présenter, sans succès, à la primaire présidentielle de la droite et du centre.

En 2019, *Passions*, ses mémoires, sont un succès de librairie. En un mois, Nicolas Sarkozy est parvenu à vendre 213 000 exemplaires de son livre, faisant ainsi mieux que ses deux précédents livres, sortis tous les deux en 2016. Près de 300 000 exemplaires sont vendus en mars 2020.

Il se met ensuite de nouveau en retrait de la vie politique et doit faire face à plusieurs affaires judiciaires, dont l'affaire Sarkozy-Kadhafi, l'affaire Bygmalion dans laquelle il est condamné en 2021 à un an de prison ferme pour financement illégal de sa campagne électorale de 2012, et l'affaire Sarkozy-Azibert, dans laquelle, en 2021, il est condamné en première instance à un an de prison ferme pour corruption et trafic d'influence, un jugement dont il interjette appel « Nicolas Sarkozy » [en ligne]).

RÉSUMÉ

Nicolas Sarkozy commence son ouvrage par une déclaration de la passion et de l'amour qu'il a pour la France, les Français ainsi que la fierté qu'il ressent d'appartenir à ce peuple. Il souligne la reconnaissance qu'il éprouve envers chaque Français de lui avoir permis d'être à leur tête, en tant que président, à un moment de leur histoire. Il introduit son œuvre en soulignant le fait qu'il ne relate pas ici ses mémoires, mais qu'il a éprouvé le désir de parler de ce qu'il a vécu, sans ordre chronologique, sans souci thématique, sans arrière-pensée politique.

Nicolas Sarkozy revient sur ses débuts en politique et sa révélation intime et profonde pour celle-ci lors du meeting politique de l'UDR à Nice en juin 1975. Alors qu'il n'a que 20 ans, gaulliste invétéré, son discours lui aura valu d'être ovationné par la foule et repéré par de nombreux politiciens dont Jacques Chirac, Premier ministre à l'époque.

En juin 1988, Nicolas Sarkozy a 33 ans, il se souvient de sa première élection à l'Assemblée nationale. En devenant député, il allait enfin pouvoir jouer un rôle sur la scène politique. Jacques Chirac vient alors de perdre pour la deuxième fois les élections présidentielles et la violence que ce dernier subit marquera Nicolas Sarkozy. C'est à ce moment-là qu'il se rapproche d'Édouard Balladur. En 1993, lorsque le président François Mitterrand nomma Édouard Balladur à Matignon, Nicolas Sarkozy dut alors effectuer son premier choix politique sensible, à savoir devenir secrétaire général du RPR comme Jacques Chirac lui offrait ou accéder au gouvernement avec Édouard Balladur. Nicolas Sarkozy choisit le gouvernement tant il en rêvait. Sa carrière prend alors un tournant tragique lorsqu'Édouard Balladur perd les élections présidentielles face à Jacques Chirac. Ayant pris la campagne d'Édouard Balladur sur les épaules et ayant engagé des actions et propos forts, il revient sur la nécessité de devenir un président à la hauteur du candidat que l'on a été. Accusé de tous les torts, ayant endossé la défaite d'Édouard Balladur, il devient l'ennemi personnel de l'Élysée et raconte comment le téléphone cessa de sonner tout d'un coup.

En 1998, alors que Philippe Seguin est élu président du RPR, il désigne Nicolas Sarkozy comme secrétaire général. C'est ainsi qu'il revient sur la scène politique. En 1999, à l'arrivée des élections européennes tant attendues par Philippe Seguin, un tournant dans la division de la droite entre Bayrou, Seguin et Chirac est décisif. Philippe Seguin se retire définitivement de la politique et Nicolas Sarkozy se retrouve à la tête du parti. Avec son impétuosité et son incrédulité d'être sorti du purgatoire politique qui lui était réservé, Nicolas Sarkozy décide de se présenter en tête de liste de la présidence du parti. Son tempérament le pousse à tenter de soulever des montagnes et à accepter tous les risques. Le naufrage prévisible fut plus cuisant qu'attendu, écrit-il.

Toujours investi dans ses fonctions de maire de Neuilly, c'est alors que s'ouvre parallèlement une période de réflexion pour Nicolas Sarkozy. C'est alors qu'il va à la rencontre des Français sur le terrain et qu'il décide de défendre et d'incarner la valeur du travail. Il la met au cœur de tout et sans le savoir commence à élaborer les bases de son programme pour les présidentielles de 2007. Il continue ainsi son tour de France, sur le terrain et lors de meetings politiques, son identité politique devient son moteur, mais aussi son ambition.

À l'approche des présidentielles de 2002 qui le portaient favori dans les sondages comme Premier ministre de Jacques Chirac, il s'éloigne de ce dernier, considérant qu'il n'a pas vu la France évoluer, et se tourne alors vers Lionel Jospin. L'échec de ce dernier au deuxième tour contre Jean-Marie Le Pen lui laisse un gout amer. C'est un Nicolas Sarkozy acharné qui décide alors malgré tout de convaincre Jacques Chirac de le nommer à Matignon. Matignon fut attribué à Raffarin, Jacques Chirac laissa le choix à Nicolas Sarkozy de son ministère en le désignant numéro 2. C'est ainsi que Nicolas Sarkozy choisit l'Intérieur afin de pouvoir servir et agir directement sur le quotidien des Français en privilégiant leur sécurité. Il introduit un certain nombre de mesures, n'ayant pas peur des discours démagogiques et de la presse qui l'accable de piétiner les droits de l'homme, il affirme sa détermination de garantir la force républicaine afin d'assurer la sécurité. Il revient sur ces trois semaines de crises lors des émeutes dans les banlieues qui furent apocalyptiques tant pour ces quartiers que pour l'image dont il fut accablé ainsi que pour les tensions que ces réformes suscitèrent au sein du gouvernement.

Alors que Nicolas Sarkozy sort miraculeusement de toutes ces crises, Jacques Chirac l'appelle à quitter l'Intérieur pour reprendre les Finances, voulant remplacer ainsi Francis Mer. Nicolas Sarkozy accepte de relever ce nouveau défi. En 2004, toujours au ministère des Finances, Jacques Chirac propose à Nicolas Sarkozy de se présenter à la tête de l'UMP. À deux années du scrutin présidentiel, Nicolas Sarkozy prend cette opportunité de pouvoir réformer son parti. Élu à la tête de son parti, ayant rassemblé et consolidé ses troupes, il se félicite de voir l'UMP devenir la première force du pays. Le référendum déclarant majoritairement un « non » de la population à l'Union européenne convaincra Jacques Chirac de faire du changement au sein de son gouvernement et c'est ainsi que par l'intermédiaire de Dominique de Villepin, il rappela Nicolas Sarkozy au ministère de l'Intérieur. Nicolas Sarkozy accepte de revenir à son poste de ministre de l'Intérieur. Les tensions avec Dominique de Villepin dans son gouvernement n'empêcheront pas Nicolas Sarkozy de triompher lors de l'Université de l'UMP en automne 2005, avec son discours de clôture. Il sait à ce moment-là qu'il est devenu inexpugnable à l'intérieur de sa propre famille politique. Chirac et Villepin doivent alors bien se rendre à cette évidence. C'est alors que survient l'accident cardiovasculaire de Jacques Chirac. Affecté par la faiblesse de son ex-mentor et principal adversaire, la présentation de Jacques Chirac aux prochaines élections présidentielles de 2007 devient dès lors impossible.

Sa nouvelle période au ministère de l'Intérieur se termine sans accroc majeur. Par souci de devoir ministériel, il quitte ses fonctions au dernier moment pour se consacrer pleinement à la préparation de sa campagne présidentielle. Avec sa fidèle équipe, ils trouvent des bureaux et insistent sur le fait que cette tâche est déléguée à ses collaborateurs. La composition de son équipe fut assez simple puisqu'il se dit être un homme d'habitude. Claude Guéant dirigeait l'équipe de campagne, Emmanuelle Mignon alimentait les groupes de travail, Henri Guaino travaillait sur l'écriture des discours. Il s'explique alors sur le choix de François Fillon comme Premier ministre et ne manque pas de régler les comptes qu'il a avec ce dernier. Jacques Chirac l'avait pourtant mis en garde sur ce choix.

La campagne présidentielle commença véritablement le 14 janvier 2007, c'est le jour où il fut investi officiellement par le congrès. Il raconte comment il travailla ce discours avec Henri Guaino et insiste sur sa volonté de marquer le changement d'avec Jacques Chirac, mais surtout, sur sa personne. C'est lors de ce discours que le slogan « j'ai changé » interviendra. Il exprime alors ses ressentis et idées par rapport à l'histoire, celle de la France et de l'Algérie, sa visite au mémorial de Yad Vashem, sa collaboration avec Rama Yade à qui il confia la mission d'ouvrir le congrès. Alors que commence l'ascension au sommet fulgurante, son mariage est un désastre. Il se livre dès lors corps et âme au travail et les salles de meeting à travers la France sont plus remplies que jamais. Il retient le soutien de nombreux artistes dont Johnny Hallyday qu'il avait eu l'honneur de marier en tant que maire de Neuilly. C'est à cette période qu'approche également le très redouté débat télévisé du deuxième tour avec Ségolène Royal. C'est une victoire bien que les griefs qu'il éprouve pour Ségolène Royal demeurent. Sa campagne intense se termine par la ville de Montpellier le 3 mai et il raconte alors, comment, entouré de ses plus proches, Claude Guéant, Laurent Solly, Brice Hortefeux et d'autres, mais aussi de ses fils et de son ami Christian Clavier, Cécilia brillant par son absence, il apprend qu'il est élu président de la République à 53 % des votes. Il reçoit immédiatement un appel de Georges W. Bush qui le félicite.

La fonction qui l'avait toujours fasciné, qu'il avait idolâtrée, celle de président de la République française, il allait l'endosser. Il peut alors créer son gouvernement et s'explique sur ses choix. Au début de son ouvrage, Nicolas Sarkozy s'exprime sur l'importance des deux idées qui prévalent pour présider la France, à savoir l'ouverture et le rassemblement, sans lesquelles détenir le pouvoir présidentiel est voué à l'échec. Il reconnait s'être trompé dans le choix de certaines personnes, mais jamais dans celui des orientations politiques. L'ouverture étant majeure selon Nicolas Sarkozy. Les deux semaines de trêve passèrent à toute allure et c'est lors du 16 mai 2007, alors que rien ne serait plus jamais comme avant, accompagné de son secrétaire général Claude Guéant, au son de la Marseillaise et des applaudissements de la foule, franchissant les marches de l'Élysée comme sixième président de la Vème République, que Nicolas Sarkozy termine son ouvrage.

ÉCLAIRAGES

CONTEXTE HISTORIQUE ET LITTÉRAIRE DE L'ŒUVRE

Au fil de son œuvre, Nicolas Sarkozy se livre à travers ses qualités comme à travers ses défauts avec toujours comme ancrage au plus profond de son identité, la passion et le besoin d'engagement. Il choisit de prendre la plume sept années après sa défaite aux présidentielles de 2012, car, avec un peu de recul, il éprouve le besoin de s'engager sur le chemin d'une vérité qu'il veut la plus sincère possible, bien que conscient de la nature relative de celle-ci par définition. Si le temps est primordial pour comprendre, selon lui, il n'éprouve nullement le besoin de régler des comptes dans cet ouvrage, souligne-t-il. Il justifie cependant le besoin de décrire certains comportements et caractères afin d'éclairer certaines situations conflictuelles ou inacceptables selon lui. Il reviendra sur toutes les grandes affaires qui ont marqué sa carrière politique comme le sensible dossier industriel de la société Alstom. Il va se battre pour sauver cette entreprise et contrer ses censeurs libéraux qui estiment ce sauvetage comme un nouveau caprice du ministre. Il revient également sur le dossier EDF et l'importance selon lui d'investir dans l'énergie nucléaire. En prenant à partie les investissements du Général de Gaulle en la matière, il se scandalise de l'incohérence et l'irresponsabilité des personnes contre l'énergie nucléaire, dont fait partie François Hollande. Si l'affaire ne fut pas réglée, elle fut maitrisée et Nicolas Sarkozy s'en félicite tout en s'appuyant pour cela sur ses convictions concernant la protection de l'environnement. Dans le contexte des nombreux désaccords qu'il a vécus et qu'il tente d'exprimer sans amertume, selon lui, il revient également sur un évènement marquant de son passage au ministère des Finances, à savoir la taxation de l'héritage. C'est l'opportunité pour lui de souligner sa différence d'avec la gauche en soulignant qu'on ne renforce pas l'égalité en dépouillant ceux qui ont travaillé et épargné, mais en donnant à chacun la possibilité d'avoir à son tour un patrimoine et pour cela l'éducation, la formation professionnelle, etc. sont des voies privilégiées d'apprentissage.

Nicolas Sarkozy contextualise sa passion pour la politique, son amour pour la France, sa fierté d'appartenir au peuple français, de l'avoir compris et d'être arrivé là où il est, en revenant sur son enfance. Il doit ses premières émotions politiques à son Grand-père et son amour pour le mouvement au Général de Gaulle. En effet dès l'âge de 7 ans du haut des épaules de son Grand-père, il assistait aux commémorations du 11 novembre. Il décide dès lors qu'il aimera et vénèrera le Général de Gaulle comme son Grand-père. Son amour gaulliste, patriote, cocardier et chauvin pour la France nait dès lors très jeune. Il apaise ces sentiments en adoptant au fil des années une vision plus européenne, plus universaliste enfin grâce aux innombrables voyages qu'il a pu faire par la suite. N'ayant jamais été attiré par les extrêmes comme certains autres jeunes de son âge ni même par le milieu des jeunes giscardiens, trop élitistes et bourgeois pour lui, il cherche sa place. Venant d'un milieu trop aisé pour être pauvre, mais trop juste pour être aisé, il raconte comment sa mère cherchait à fréquenter cette élite qui ne les considérait pas, lui et sa famille. Il exprime cette humiliation confuse sans pour autant vouloir leur ressembler, mais désirant ardemment pouvoir un jour les impressionner. Se souvenant d'un père colérique, le divorce de ses parents alors qu'il a 6 ans ne l'émeut pas plus que cela, il raconte comment il a réussi à pardonner ou du moins respecter son père avec le temps. Nicolas Sarkozy découvre la puissance de la politique lors d'un meeting à Nice en 1975, il a alors 20 ans. L'ovation qu'il y récolte déclare en lui cette passion qui ne le quittera plus jamais.

Nicolas Sarkozy revient aussi sur son rapport à la mort, cette mort à laquelle il fut si souvent confronté dans l'exercice de ses fonctions. Il dit d'ailleurs qu'en dehors de toutes les calomnies, la violence et les trahisons humaines qu'il a dû endurer, c'est sans doute de la mort de ses compatriotes gendarmes, militaires, policiers ou autres qu'il ne se remettra jamais. Il émet le souhait de reprendre ce qu'il a vécu lors du drame « Human Bomb » en 1993 dans cette classe où, en répondant aux ordres, il se retrouva comme bouclier humain. C'est ainsi que la vie le mit au défi de la peur, de la possibilité de lâcheté et de la gestion d'une crise majeure. S'il fut accablé, il s'en défend en invoquant la nécessité de la démocratie de la République de protéger les plus faibles. Il revient aussi sur la phrase marquante de ce petit garçon, qui, alors que la Marseillaise retentissait en l'honneur de son père policier mort pour la France, lui demande de sortir son Papa de là. Il raconte comment il ne put retenir alors ses larmes. Parmi de nombreuses, ces expériences et les rencontres de tous ces citoyens courageux et engagés scelleront l'engagement ultime de Nicolas Sarkozy pour la France et les Français.

Dans son ouvrage, Nicolas Sarkozy dresse des portraits incisifs et élogieux à l'égard de ses amis et anciens amis, de sa famille politique et d'autres plutôt saignants de ses adversaires politiques. Il se souvient de ceux qui l'ont soutenu envers et contre tout. Mais, toujours avec cette volonté d'être dans la vérité, il traite sa propre personne avec la même sévérité et sincérité quant à ces attentes déçues, ses échecs et manquements. Il raconte comment François Mitterrand lui était antipathique à bien des égards et il réussit à s'en faire respecter notamment lors d'un voyage d'affaires, mais également lors du scandale « Mazarine ». Alors que le Président s'enquiert auprès de Nicolas Sarkozy du « qu'en diront les Français », Nicolas Sarkozy lui répond qu'il a trouvé les photographies belles et que les Français étant sentimentaux et n'aimant pas les gaudrioles, ils aimeront cette histoire. Il évoque aussi son amitié pour Emmanuel Macron et sa grande sympathie pour sa femme Brigitte Macron ainsi que leur accueil chaleureux à l'Élysée. Il s'émeut encore de l'attention que le président Macron lui a prodiguée lors du décès de sa mère en envoyant deux motards de la République escorter le cercueil de sa mère défunte. Il se souvient très précisément des retraits violents en politique, après échecs cuisants, de Lionel Jospin comme il se souvient de celui de Philippe Seguin. Il décrit François Fillon comme « dissimulé », Dominique de Villepin « perché dans un monde virtuel » ou encore Ségolène Royal « capable d'affirmer quelque chose dont elle ne croit pas un mot ou encore l'accuser d'incompétence manifeste face à ses dossiers », pour ne citer qu'eux.

DEUX MENTORS : JACQUES CHIRAC ET ÉDOUARD BALLADUR

C'est en 1975, après sa prise de parole lors du fameux meeting de l'UDR à Nice, décisif dans la carrière de Nicolas Sarkozy, qu'il rencontre Jacques Chirac. Il raconte comment cette rencontre fut à ce moment-là une opportunité quasi miraculeuse. Son ouvrage arbore comme fil rouge cette relation quasi filiale d'amour/haine avec Jacques Chirac. À propos du clan Chirac, Nicolas Sarkozy écrit : « Ils font partie de ma vie. Nous avons vécu tant de choses. Des liens se sont créés qui vont au-delà des sentiments. En tout cas, je ne serais pas ce que je suis devenu sans eux » (p. 30).

En 1988, alors que Jacques Chirac vient de perdre les élections présidentielles pour la deuxième fois, Nicolas Sarkozy décide de se tourner vers Édouard Balladur qui lui ouvrira les yeux sur l'implacabilité des réalités du pouvoir et c'est ainsi qu'il commença ses allers-retours entre ses deux mentors politiques. Il décrit Édouard Balladur aussi glaçant que Jacques Chirac était chaleureux, aussi distant que s'il appartenait à une autre époque, aussi attentif aux idées et dossiers de fonds que méprisant sur le quotidien, aussi pessimiste que Nicolas Sarkozy se définit optimiste sur la nature humaine. Il écrit à son propos : « Édouard Balladur fut un professeur exigeant, ne laissant rien passer, souvent méfiant. Il me prit rapidement en sympathie, mais je mis longtemps à gagner sa confiance » (p. 63).

Nicolas Sarkozy revient enfin sur les mots qu'il adressa à Jacques Chirac sur les marches de l'Élysée, alors qu'il est le nouveau président : « Voilà, maintenant que je suis devenu Président, je peux te tutoyer. Regarde comme la vie a passé. Te souviens-tu de Nice en 1975 ? Si tu n'avais pas été là ce jour-là, je ne serais pas ici. Je veux te dire merci. Il était ému, je l'étais tout autant » (p. 43).

FRANÇOIS HOLLANDE

Dans l'ouvrage, un deuxième fil rouge apparait, peut-être devrait-on le nommer noir, toujours est-il que Nicolas Sarkozy n'épargne François Hollande en rien et cela du début à la fin de son ouvrage.

« En tout cas, cette cordialité nous a bien agréablement changés de la brutalité que fut celle de François Hollande au moment de la passation de pouvoir. Du haut du perron de l'Élysée, en le voyant arriver, j'avais compris qu'il n'était pas encore entré dans les habits du président, qu'il était toujours le candidat socialiste. » (p. 42)

« Dans le cas contraire, la débandade n'est jamais bien loin. La IV République en a montré d'innombrables exemples, et que dire de certaines périodes du mandat de François Hollande, où une petite Kosovare sans papiers, Léonarda, a pu intimer l'ordre au président de la République de s'en faire remettre [...] ou les épisodes du scooter de la bien nommée rue du Cirque, qui ont fait rire de notre pays, dans le monde entier. » (p. 97)

« C'est vrai, hélas jusqu'à François Hollande qui pourra ajouter au bilan de tout ce qu'il a cassé sur l'autel de la petite politique la filière nucléaire française. » (p. 334)

CLÉS DE LECTURE

SON RAPPORT AUX FEMMES

Dans son ouvrage, il ouvre ses confessions sur son enfance et notamment sa relation avec sa mère. Il décrit cette relation comme à l'origine de son empathie pour les femmes et son besoin de les protéger, car il les considère souvent comme potentielles victimes. En effet, sa mère divorcée d'un mari colérique, Nicolas Sarkozy évoque la peur qu'il avait, en tant que jeune enfant, que sa mère soit seule. Il la décrit comme rayonnante d'intelligence et d'humour. Enthousiaste et énergique, elle ne se plaignait jamais, la vie s'organisait devant elle, mais elle ne s'aventurait pas où ce n'était sa place. Il raconte comment elle redoutait l'ambition trop grande de son fils Nicolas, peut-être de peur qu'il ne lui échappe, dit-il. À la mort de celle-ci, il raconte comment il fut bouleversé par le chef-d'œuvre d'Albert Cohen, *le Livre de ma mère* et la dédicace de ce dernier au début de son œuvre : « Je dédie ce livre à tous les insensés qui croient leur mère immortelle ».

Il revient sur les « on dit » quant à sa faiblesse face aux femmes, notamment à l'approche du débat avec Ségolène Royal au second tour des élections présidentielles de 2007, l'opinion voyant la féminité de son adversaire comme un atout de force sur lui. Il souligne les résultats déjoués, mais reconnait son enclin à la compréhension, à la sympathie, parfois même à l'indulgence quand il s'agit d'une femme plutôt qu'un homme. Il prévient alors la probable insurrection que pourraient susciter ses propos au sein des mouvements féministes et des débats actuels. En effet, il anticipe l'étiquette de « machiste » alors qu'il invoque la vulnérabilité de la femme, mais se protège de cela et se défend de ne pas revendiquer un modèle social de domination masculine en prenant en exemple ses trois mariages et les caractères forts de ses différentes femmes.

Si l'impératif de l'égalité des sexes est juste pour lui, il faut selon lui ne pas ignorer les différences et spécificités entre les hommes et les femmes. Une femme divorcée en 1960 était bien vulnérable contrairement à aujourd'hui, mais il n'en demeure pas moins que mener aujourd'hui une carrière politique avec de jeunes enfants reste difficile au quotidien, selon Nicolas Sarkozy. Il se targue d'avoir toujours voulu mettre en avant des femmes de talent et évoque dans ce cadre Simone Veil dont il devint l'ami, mais aussi Christine Lagarde, Rachida Dati comme Rama Yade.

Nicolas Sarkozy revient ensuite sur l'importance majeure de ses sentiments malgré son ambition dévorante. Il ne se qualifie pas d'exemple, mais pour ses trois mariages, il revendique son engagement absolu, il reconnait ses erreurs, mais invoque sa sincérité. Il ne manque pas d'ailleurs de revenir sur la violence que fut son divorce d'avec Cécilia alors même qu'il devenait président. Il écrit qu'il comprend que les Français aient pu douter de lui puisque l'opinion publique et la presse mettaient au défi sa capacité à tenir le pays s'il ne pouvait tenir sa femme. Il raconte aussi comment le 13 novembre 2007, il fait la rencontre la plus importante de sa vie : Carla Bruni. Le coup de foudre est immédiat, mutuel et sans appel, ils sont mariés depuis douze ans et ont une fille, Guilia. Il raconte comment cette rencontre lui a appris que la vie était bien moins linéaire et beaucoup plus imaginative qu'il ne l'avait cru.

Dans le portrait qu'il dresse de lui à travers ces pages, il ne manque pas de placer son rapport aux femmes en répondant avec sincérité à tous les débats actuels sur la place de la femme et la lutte pour l'égalité des sexes. Avec une galanterie à la française qu'il revendique, dans son écriture, il commence d'ailleurs toujours par « les femmes » lorsqu'il évoque les femmes et les hommes d'une profession ou d'un pays, il apparait comme un gentleman au cœur tendre et cela sans récupérer le discours féministe pour autant. Il s'insurge contre le mouvement « balance ton porc », en invoquant que c'est à la justice de juger et non à la presse. Il dénonce fermement les potentielles accusations de machiste patriarcal à son égard, car il considère la galanterie, le respect de l'égalité, mais aussi celui des différences entre les hommes et les femmes, comme des valeurs primordiales.

SA PHILOSOPHIE DE VIE, SES CROYANCES ET SES VALEURS

Si à travers son ouvrage, il décrit comment, grâce à sa force de caractère et ses convictions, il s'est toujours relevé de ses échecs, il confesse aussi sa force intérieure, sa philosophie de vie. Il interroge le sens de la vie, le pourquoi et le comment. Culturellement chrétien, car c'est son éducation, son monde et ses valeurs, il se dit attiré par toutes les problématiques mystiques. Sa philosophie de vie est de la vivre pleinement, totalement et complètement jusqu'à la dernière seconde. De tempérament optimiste, il décrit la vie comme un enchainement de renaissances. Le grand défi de celle-ci est bien selon lui de renaitre après une maladie, un échec, un divorce ou la mort d'un proche et c'est peu dire qu'envers et contre tout, malgré sa condition humaine qu'il considère avec clairvoyance, il a réussi jusqu'ici à renaitre. C'est bien cette capacité de rebondir qu'il évoque avec passion au travers de son ouvrage. Il raconte également comme le sport est un pilier de sa vie, sans ça il ne serait pas capable d'affronter les épreuves ni même de canaliser tout ce qu'il a dû endurer physiquement et psychologiquement. On découvre au travers de ces pages la persévérance inspirée d'un homme pressé et ambitieux, mais surtout d'un homme qui aime la vie et les autres.

Profondément écœuré par la découverte des « notes blanches », notes informelles rapportant et colportant les faits et gestes d'hommes et femmes politiques en matières essentiellement privées, étant devenu le destinataire de nombreuses lettres anonymes sans parler du pouvoir ravageur de la presse, il dénonce l'apologie de la stigmatisation et souligne l'importance de laisser faire le travail de la justice. Il ne manque, cela dit, pas de dénoncer la magistrature entre les lignes sans pour autant jamais évoquer les affaires judiciaires auxquelles il est confronté (Paul Bismuth, Bygmalion et sur les soupçons de financement libyen de sa campagne). Il souligne la nécessité absolue d'avoir un pouvoir fort et résistant afin de ne pas laisser vaciller la société à tout va. La France a deux visages, selon lui, à la fois grandiose et terrible, et ce n'est qu'un pouvoir fort qui permettra de la maintenir dans sa grandeur et de rayonner sur le reste du monde. Il ne nie pas sa fierté d'être Français en la teintant avec humour de chauvinisme. Il croit en l'importance absolue de l'engagement d'un chef d'État et ne manque pas de parler de Bonaparte comme un exemple de numéro 1, il croit fermement au devoir d'un chef d'État d'être devant ses troupes et à défaut d'être infaillible, il doit être engagé envers et contre tout. Aimant le combat et cherchant la victoire, il dit avoir beaucoup plus appris de ses échecs que de ses succès.

Nicolas Sarkozy revient aussi sur son engouement pour la prise de parole et les discours politiques, cette prestation qu'il a énormément travaillée au fil des années. Il assimile le discours politique à une prestation artistique puisqu'elle consiste à donner et partager une émotion. Il évoque son rapport au pouvoir avec sincérité et approfondit sa réflexion quant à l'incarnation présidentielle. Il affirme avoir tout fait, alors qu'il vient d'être élu président en 2007, pour rester lucide en imaginant comme cette foule l'acclamant allait aussi se détourner lorsqu'il ne le serait plus. Il reconnait avoir pu perdre pied, devenir arrogant, suffisant, trop satisfait de sa personne en tant que ministre, jamais président, tant la charge était lourde. Quand on lui demande si la politique lui manque aujourd'hui, il répond non, car c'est la vie qu'il aime. La politique étant selon lui la vie à la loupe, il aime aussi la politique et avant tout la vie.

S'érigeant ainsi sa propre statue, cette mise à nu dans un style incisif et soutenu avec des phrases courtes et percutantes donne l'impression d'assister à l'un de ces grands discours. Il ne manque pas de citer ses références littéraires ponctuées dans ses différents discours avec des citations de Victor Hugo, Baudelaire ou Rimbaud. Il raconte également comment il a voulu porter Marcel Proust au Panthéon. Avec le temps, le passé s'oublie et c'est un homme nouveau, cultivé, engagé, fort et passionné qui se présente aux lecteurs dans cet ouvrage autobiographique.

SES GRANDS COMBATS : LE TRAVAIL ET LA SÉCURITÉ DES FRANÇAIS

Le travail ; alors qu'il décide de démissionner complètement en juin 1999 suite à l'échec aux élections de la présidence de son parti le RPR, une longue période d'introspection, mais aussi de travail s'ouvre devant lui. Il part à la découverte de la France et va rencontrer les Français sur le terrain, dans les usines, sur leurs lieux de travail. C'est alors qu'il publie son livre *Libre* en 2001 et souligne le fait que l'écrit soit encore respecté et considéré malgré l'effervescence des moyens de communication connexes. Son livre est très bien accueilli même par la gauche. Au cœur de son travail, il veut désormais faire passer son message avant le messager lui-même. C'est ainsi qu'il part à la rencontre des Français sur leurs lieux de travail, dans les usines, dans les banlieues et réalise le réel décalage entre le discours dominant, l'adoption des 35 h de travail et la réalité des Français. Ces derniers ne veulent pas travailler moins, mais mieux et surtout gagner plus.

Il décide alors de défendre et d'incarner les valeurs du travail, il en fait une priorité et commence sans le savoir à mettre son programme présidentiel en place. S'étant consacré pleinement au travail toute sa vie, il reconnait n'avoir aucun mérite puisqu'il aime profondément travailler.

Bien décidé à prendre en charge la sécurité des Français, il passera sa première nuit comme ministre de l'Intérieur à visiter des commissariats de banlieues et se rapprochera alors considérablement de ces femmes et hommes qu'il décrit passionnés par leurs métiers de policiers et gendarmes. Il se sent indispensable sur le terrain et le titre « de premier flic de France » lui est attribué. Nicolas Sarkozy reconnait la crise de 2005 comme la plus difficile à gérer lors de sa carrière tant elle alliait un certain nombre de sujets tabous : islam, intégration, immigration, violence, jeunesse, etc. Au risque de se faire accuser d'islamophobe, raciste ou de pratiquer un amalgame intolérable, il va prendre le problème à bras le corps, contrairement à ses prédécesseurs. Avec l'intervention du GIR dans ces banlieues face aux émeutes, voitures brulées, etc., c'est à ce moment-là qu'on lui doit l'utilisation des mots « racailles » et « karcher » lorsqu'il définit sa mission dans ces quartiers. Décrié par la presse et l'opinion qui le définit comme néofasciste, Nicolas Sarkozy se défend et reste sur ses opinions envers et contre tout, refusant de succomber au discours de culpabilisation du peuple français ayant ghettoïsé ces quartiers, les ayant abandonnés. Il rappelle le nombre d'agriculteurs, ouvriers français qui auraient la légitimité de se sentir abandonnés, mais qui n'ont pour autant rien cassé, ni brulé. Il constate aussi que les dérapages et les bavures policières ont davantage lieu dans le cas où les forces de police sont inférieures aux manifestants. Dans la situation inverse, les dérapages sont plus rares et il renforce considérablement les effectifs, en annulant tous les congés, permissions du corps policier en s'engageant à payer les heures supplémentaires. « J'étais devenu l'homme qui incarnait et garantissait la sécurité » (p. 216).

Dans le cadre de sa tentative de déverrouiller le débat sur l'immigration, il reconnait ne pas y être parvenu tant le mur de la pensée unique est solide et que peu de politiciens osent s'y aventurer, si ce n'est l'extrême droite. Il mettra sur la table l'importance de créer un Islam de France avec une autorité représentative afin de contrôler les dérives. Il affrontera Tariq Ramadan lors d'un débat télévisé et se félicitera d'avoir gagné le rapport de force.

Ayant pris à bras le corps ces sujets sensibles et tabous en menant des actions concrètes, il apparait comme l'homme fort et décidé, l'homme de la situation. Nicolas Sarkozy se défend des faux-semblants de ses adversaires politiques et estime avoir le devoir de respecter ses compatriotes qu'il a bien compris en exprimant la vérité avec les mots justes. Ces dossiers délicats restent sur la table des gouvernements aujourd'hui. Et si *Passions* voulait proposer une solution ? Doit-on s'attendre à un retour en politique de Nicolas Sarkozy ?

PISTES DE RÉFLEXION

QUELQUES QUESTIONS
POUR APPROFONDIR SA RÉFLEXION...

- « La victoire qui est souvent un triomphe. L'échec qui est toujours un naufrage. Tout ceci fait de l'engagement public une épreuve de chaque instant. On gagne ou l'on perd tout. Certes, personne ne nous a obligés à choisir cette voie. Il s'agit bien d'un choix. Mais chacun peut, au moins, accepter l'idée que le prix à payer est suffisamment élevé pour qu'il soit respectable et respecté » (p. 133), écrit Nicolas Sarkozy. Qu'attendons-nous aujourd'hui de nos politiciens ?

- Son empathie pour les femmes et la vulnérabilité qu'il décrit à propos de celles-ci sont-elles des sentiments compatibles avec la lutte féministe actuelle ?

- Découvrir les ressentis sincères, bien que subjectifs par nature, de l'exercice autobiographique, d'un homme politique qui fut président de la République française à l'opinion quelque peu controversée, tempère-t-il l'histoire et le prisme vécu à travers les médias ?

- Quelles que soient nos opinions politiques, lire un pan de l'histoire politique française à travers l'humanité d'un politicien qui en a fait pleinement partie permet-il de mieux comprendre les évènements ?

- Les dégâts de la presse et des réseaux sociaux sur la vie d'un homme et particulièrement d'une personne publique sont considérables. Dans son ouvrage, parmi de nombreux exemples, Nicolas Sarkozy rapporte l'affaire « Mazarine » concernant François Mitterrand, mais aussi l'acharnement de la presse et l'opinion publique à son égard lorsqu'après sa victoire aux présidentielles, il décide de célébrer sa victoire au *Fouquet*, établissement reconnu comme prestigieux et cher. À quels ordres moraux sont tenus les personnes publiques et en l'occurrence le président de la République ? Comment faire face à l'opinion publique et aux coups de dents médiatiques ?

- Cet ouvrage s'arrête le jour de l'élection de Nicolas Sarkozy comme président de la République française en 2007. Les différents procès auxquels l'homme doit faire face aujourd'hui donneront-ils un second tome (si celui-ci devait paraitre) aussi sincère qu'il a bien voulu l'être dans *Passions* ?

- Les histoires privées ont toujours fait la une des tabloïdes et font vivre le commun des citoyens, mais pas que. En quoi la vie personnelle d'un dirigeant ou d'une figure publique est révélatrice de ce dernier ? L'aspect public doit-il être synonyme d'irréprochabilité ?

- Les propos de Nicolas Sarkozy ont beaucoup suscité l'insurrection de la gauche comme de sa propre famille politique, notamment sur des sujets délicats tels que l'intégration d'un islam de France (et non de l'islam en France), ou encore sur les valeurs du travail qu'il dit incarner, puis enfin sur la sécurité. Il s'explique sur ces sujets dans son ouvrage. Aujourd'hui, quel est le bilan de ces idées ? Que reste-t-il de ses idées et actions politiques ?

- Enjolive-t-il les faits maintenant que le temps s'est écoulé et que les différentes crises qui ont jalonné sa carrière politique sont moins présentes dans l'esprit des citoyens ?

- Ce bilan autobiographique est-il un rappel au bon souvenir de ses concitoyens ? Présage-t-il d'un retour en politique pour Nicolas Sarkozy ?

- Il évoque clairement sa sympathie pour le président actuel Emmanuel Macron. Que doit-on entendre entre les lignes ?

POUR ALLER PLUS LOIN

ÉDITION DE RÉFÉRENCE

- Sarkozy N., *Passions*, Paris, Édition « J'ai lu », 2020, 379 p.

SOURCES COMPLÉMENTAIRES

- « Nicolas Sarkozy », in wikipedia.org, consulté le 10 janvier 2021, https://fr.wikipedia.org/wiki/Nicolas_Sarkozy

- « Nicolas Sarkozy », in Babelio.com, consulté le 10 janvier 2021, https://www.babelio.com/auteur/Nicolas-Sarkozy/6088

- « Passions de Nicolas Sarkozy », in lefigaro.fr, consulté le 15 janvier 2021 https://www.lefigaro.fr/vox/politique/le-livre-de-nicolas-sarkozy-decrypte-par-un-ancien-conseiller-20190705

- « Passions de Nicolas Sarkozy » in lexpress.fr, consulté le 15 janvier 2021 https://www.lexpress.fr/actualite/politique/confidences-heritage-et-piques-sarkozy-se-raconte-dans-son-livre-passions_2086432.html

- « Passions de Nicolas Sarkozy » in le parisien.fr, consulté le 15 janvier 2021 https://www.leparisien.fr/politique/passions-de-nicolas-sarkozy-pourquoi-un-tel-succes-en-librairies-07-08-2019-8129907.php

- « Passions de Nicolas Sarkozy » in liberation.fr, consulté le 15 janvier 2021 https://www.liberation.fr/france/2019/06/27/affectif-et-acide-sarkozy-revient-dans-passions-sur-son-chemin-de-vie _ 1736580/

Votre avis nous intéresse !
Laissez un commentaire sur le site de votre librairie en ligne
et partagez vos coups de cœur sur les réseaux sociaux !

lePetitLittéraire.fr

- un résumé complet de l'intrigue ;
- une étude des personnages principaux ;
- une analyse des thématiques principales ;
- une dizaine de pistes de réflexion.

Retrouvez
notre offre complète sur
lePetitLittéraire.fr

ISBN version numérique : 9782808027137
ISBN version papier : 9782808027144
Dépôt légal : D/2021/12603/197

Conception numérique : Primento,
le partenaire numérique des éditeurs.